KB153054

한국 희곡 명작선 116

현해탄에 스러진 별 (숲 13장)

한국 희곡 명작선 116

현해탄에 스러진 별

(全 13장)

이상용

평민사

이상용

현해탄에 스러진 별

등장인물

신부(神父) - 60대 초반
미찌꼬(美子) - 50대 중반
윤심덕 - 유학생
윤성덕 - 윤심덕의 동생
김우진 - 유학생
김성규 - 김우진의 부친
아 내 - 김우진의 아내
조명희 - 유학생
홍해성 - 유학생
홍난파 - 유학생
마해송 - 유학생
그 외 가토(加藤), 하숙집 여주인, 하루꼬(春子), 이용문, 마담,
주방장, 사내

때

프롤로그 및 에필로그 : 현대
그 외 : 일제강점기(1915년부터 1926년 사이)

장소

일본(도쿄, 오사카 외), 서울(경성), 목포, 현해탄

프롤로그

무대는 전남 목포에 있는 '북교동 성당'의 계단 입구이다. 무대 뒤편 저 멀리로는 꼭대기에 십자가가 달려 있는 성당 건물이 보이고, 무대에는 검은색의 신부복을 입은 60대 초반의 신부(神父)가 누구를 기다리고 있다. 잠시 후 50대 중반의 일본인 미찌꼬(美子)가 신부 쪽으로 다가온다. 그녀는 핸드백 외에 약간 큰 가방을 하나 더 들었다.

신부   혹시 일본에서 오신 미찌꼬(美子) 여사님이신가요?

미찌꼬   그렇습니다만.

신부   제가 이 성당의 주임 신붑니다.

미찌꼬   어머 그러세요? 전 미찌꼬라 합니다, 신부님. 신부님 말씀 정말 많이 들었어요.

신부   고생하셨죠? 목포에 오신 것을 환영합니다.

미찌꼬   신부님 정말 죄송해요. 여러 가지로 많은 폐를 끼치게 돼서요.

신부   어이쿠 아닙니다. 천만의 말씀입니다. 근데 무슨 일로 오셨는지요?

미찌꼬   신부님, 죄송합니다만, 이 가방 여기 좀 내려놓고 말씀드리면 안 될까요?

신부	아이고, 이거 제가 미처 몰랐습니다. 그렇게 하세요. 제가 좀 도와드릴까요?
미찌꼬	아 아니에요 괜찮아요, 신부님. (가방을 내려놓고는) 사실은 어려운 부탁이 좀 있어서요.
신부	그래요? 어떤 부탁인데요?
미찌꼬	신부님, 김우진 선생님을 잘 아시죠?
신부	알고말고요. 근데 그건 왜 묻죠?
미찌꼬	저의 외할머님이 그분을 사랑하셨거든요.
신부	(놀라며) 예?
미찌꼬	물론 외할머님의 일방적인 사랑이었지만요.
신부	전, 처음 듣는 얘긴데요.
미찌꼬	그러실 거예요. 저도 최근에야 들었으니까요.
신부	이거 몹시 궁금한데요. 그 러브스토리가요.
미찌꼬	신부님, 김우진 선생님이 와세다 대학에 다니실 때, 저희 외할머니 집에서 3년간 하숙을 하셨대요.
신부	그래요?
미찌꼬	그때 저의 외할머닌 중학생이었대요.
신부	아니 여중생이 대학생을요? 이거 점점 흥미진진해지는데요.
미찌꼬	하지만 일방적인 짝사랑이었대요. 근데요, 김 선생님이 졸업을 하고 귀국하시면서 저의 외증조할머님께 몇 가지 물품을 주고 가셨대요. 그동안 보살펴 주신 데 대한 보답으로요. 바로 저기 저 가방 안에 있습니다만.

신부 그래요? 혹시 제가 좀 볼 수 있을까요?

미찌꼬 그럼요. 김 선생님이 쓰시던 만년필하고 각종 육필 원고 얘요. (가방을 보여 준다.)

신부 (놀라며) 정말 귀한 자료 같군요.

미찌꼬 그동안 저의 어머님이 죽 보관해 오셨는데, 돌아가시기 한 달 전에 제게 주시고는 유언을 남기셨거든요.

신부 유언을요?

미찌꼬 예. 귀중한 물건이니 반드시 김 선생님 후손에게 전달하라는~

신부 근데 왜 제게 가져왔죠? 저는 후손이 아닌데요.

미찌꼬 사실 저도 고민 많이 했어요. 누구에게 전달해야 할지를 잘 몰라서요. 그러다가 우연히 도쿄의 재일거류민단 본부에 가게 되었는데, 거기서 목포의 '북교동 성당'을 찾아가 보라고 하더라고요.

신부 그래요? 이거 참 놀라운 일이군요. 근데 저를 또 어떻게 아시고요?

미찌꼬 도쿄 거류민단에서 알려줬어요. 신부님이 김 선생님 전문가라 하시던데요. 혹시 제가 잘못 찾아 왔나요?

신부 아 아닙니다. 잘 찾아오셨어요.

미찌꼬 어머나 그래요? 그렇다면 정말 고맙습니다, 신부님. 사실 전 고민 많이 했거든요. 거절하시면 어떡하나 하고요.

신부 이제 그런 걱정은 안 하셔도 됩니다. 아무 걱정 마세요.

미찌꼬 그렇다면 신부님, 사실은 저의 어머님 부탁이 하나 더 있

	는데 어쩌죠?
신부	어쩌긴요. 말씀해 보세요. 어떤 부탁인데요?
미찌꼬	신부님을 모시고 꼭 좀 기도를 하라는~ 돌아가신 두 분을 위해서요.
신부	두 분이라면?
미찌꼬	윤심덕과 김우진, 그 두 분이시죠.
신부	(잠시 생각한 후) 좋습니다. 그럼 그렇게 합시다.
미찌꼬	어머 신부님, 정말 고맙습니다. 근데 신부님, 신부님은 김 선생님에 대해서 많이 알고 계시잖아요.
신부	많이는 아니고요, 조금은 알고 있죠.
미찌꼬	그럼 얘기 좀 해 주세요. 저도 무척 알고 싶거든요.
신부	그러죠. 그럼 내 사무실로 가서 얘기 합시다. (두 사람은 성당을 향해서 계단을 오르기 시작한다.)

암전.

제1장

1921년 6월 중순. 저녁 7시 무렵. 무대는 도쿄의 와세다 대학 정
문 부근에 위치한 우동집 '산쵸안'(三朝庵)이다. 이 우동집은 춘
원 이광수가 2·8 독립선언서를 기초한 장소로 알려진 곳이기도
하다. 그래서인지 조선 유학생들이 이 우동집에 자주 들락거린
다. 조명이 들어오면 식당 안에는 김우진을 비롯한 조명희·홍해
성·마해송 등이 모여서 뭔가를 의논하고 있다.

홍해성　이보래 수산(水山), 퍼뜩 말해 보래. 도대체 무슨 일이고
　　　　 말따?

조명희　그래 수산, 대체 무슨 일이야?

김우진　(잠시 뜸을 들이다.) 오늘 또 다시 찾아 왔었어요.

조명희　찾아오다니? 누가?

김우진　'동우회'에서요.

조명희　'동우회'? 아니 그 사람들은 왜 자꾸 그런대?

김우진　사무실이 필요하다네요. 이 도쿄에.

홍해성　아 자기들 사무실을 와 우리한테 부탁하능고?

김우진　에이 형도 잘 알면서. 그들에게 그런 돈이 어디 있겠수?

홍해성　그라모, 우린들 또 무슨 돈이 있노 말따. 사각모나 쓰고,
　　　　 교복만 입었다뿐이지 호주머니는 텅텅 비었다 아이가. (주

11

위를 둘러보며) 이거 우짜모 좋겠노, 어이?

마해송 그들이 우리한테 도움을 청해 온 건, 필시 운명이라고 봐요.

김우진 운명? 아니 그게 무슨 뜻이지? 해송, 좀 더 자세하게 설명해 봐.

마해송 아 이 우동집이 어떤 곳입니까? 그리고 재작년에 2·8독립선언서를 어디에서 썼다고 했죠?

홍해성 내 참 정말로, 아니 자다가 봉창 두드리는 것도 아이고, 갑자기 그기 무슨 소리고?

마해송 바로 이 '산쵸안', 이 우동집 2층에서 춘원이 썼다고 하잖아요. 2·8독립선언서를요.

김우진 (식탁을 치며) 맞아. 이제야 감이 잡히네. 그러니까 춘원처럼 우리도 여기서 뭔가 의미 있는 일을 해 보자, 대충 그런 말이지, 해송?

마해송 '동우회' 부탁을 들어주자는 거죠. 간단히 말하면요.

홍해성 이거야 원. 아니 이러다 우리가 뒤통수 맞는거 아이가? 그라모 수산은 우짤 생각이고?

김우진 '동우회'는요, 일단 우리가 공연단을 빨리 조직해서 당장 올 여름방학부터 순회공연을 해 주면 좋겠대요.

조명희 이왕 해야 한다면 그렇게 하는 것도 괜찮을 것 같다만~.

김우진 우리 조국은 아직도 미개국이잖아요. 그리고 또 우리 백성들은 얼마나 불쌍하냐고요. 배우지 못해 글자를 모르는 사람들이 부지기수고요.

홍해성 맞다 카이.

김우진　그래서 우리가 전면에 나서야 할 것 같아요. 먹고 사는 문제도 중요하지만, 정신교육은 더 중요하거든요. 다들 재작년에 일어난 3·1독립운동을 잘 알잖아요.

조명희　더 이상 들어 볼 필요도 없구먼. 좋아. 난 무조건 수산 뜻을 따르겠네.

홍해성　아따 참말로. 아니 누가 반대 한다 캤나. 나도 동의한다꼬. 하지만도 그라모 돈은 우짤 낀데? 한두 푼 드는 것도 아닐 낀데 말따.

마해송　내 참 형님도. 아, 매사에 빈틈없는 수산 형이 아무 생각 없이 불쑥 말부터 던지겠어요?

김우진　어떡하든 필요한 경비는 내가 마련해 볼게요.

조명희　그럼 됐어. 돈 문제가 해결됐는데 더 이상 무슨 말이 필요하겠어? (다른 사람들을 보고) 안 그래?

홍해성　그렇고말고. 오데, 두말할 필요가 있겠나. 그라모 우리 다 같이 힘을 보태 보자꼬, 어이?

마해송　그래요. 그렇게 합시다.

김우진　다들 찬성해 주니 고맙습니다.

조명희　근데 난파 이 친군 어디 갔지? 이런 자리엔 절대로 안 빠지는 친군데.

마해송　그렇죠. 그 형이 빠지면 '앙꼬 없는 찐빵'이죠.

김우진　곧 올 겁니다. 어디 좀 보냈거든요. (이때 난파가 등장한다. 그의 손에는 바이올린 케이스가 들려 있다. 그의 뒤를 따라 키가 훤칠하고 멋쟁이 차림을 한 23~4세쯤 되어 보이는 미모의 여대생이 들어온다.)

홍난파   아이고 다들 먼저 와 계셨군요. 제가 너무 늦었죠. (윤심덕을 김우진의 옆 자리로 안내하며) 심덕인 여기에 앉아.

윤심덕   그럴까? (모두를 보고 가볍게 목례를 하고는 권하는 자리에 앉는다.)

홍난파   여러분, 이 분이 바로 그 유명한 윤심덕 양입니다. (윤심덕은 꼿꼿하게 앉아 있다.) 우리 학교에서 가장 유명한 소프라노고요, 또 도쿄 중심부에 나가면 모두들 놀라서 쳐다보는 사람이죠. 보시다시피, 절세미인이라서~

윤심덕   이거 봐, 난파, 이거 너무 심한 거 아냐. (그 말을 듣고 모두는 깜짝 놀란다. 홍난파에게 반말을 하는 그녀의 당찬 모습 때문이다.)

홍난파   아니, 왜 그래?

윤심덕   '왜 그래' 라니? 과유불급이란 말도 몰라? 대학생이?

홍난파   (그제서야 눈치를 채고) 에이 난 또 뭐라고. 내가 어디 없는 말이라도 했어? 모두가 다 사실이잖아? 하지만, 기분이 상했다면 용서해 줘. 일부러 그런 건 아니니까.

윤심덕   그래? (흔쾌히) 그렇다면 됐어. 이해할 게. 하지만 초면인 사람들 앞에서 너무 추켜세우니 창피스럽잖아.

홍난파   아이고 알았어요, 알았어. (방백으로) 그놈의 성질하고는. (어색한 분위기를 바꾸려 하면서) 자자, 그럼 이번엔 우리 쪽 면면을 소개할게. (맨 오른쪽에 앉은 마해송부터 소개한다.) 이 아우는 니혼대학(日本大學) 예술학과에 재학 중인 마해송 씨. (홍해성을 가리키며) 이 형은 니혼대학(日本大學)에서 연출을 공부하시는 홍해성 씨. (조명희를 가리키며) 이 형은 도쿄 제국대학 철학과에 재학 중인 조명희 씨. (김우진을 가리키며) 이 형은 목포 출신으로, 와세다 대학 영문과에 재학 중인 김우진 씨. 연극에 목숨을 건 사람이야. 그리고 묘하게도 심덕이와 같은 해에 태어났어.

윤심덕　어머 그러세요?

김우진　예. 1897년생입니다.

윤심덕　그럼 우린 동갑이네요, 호호호.

김우진　심덕 씨, 바쁘신데 와 주셔서 정말 고맙습니다.

윤심덕　아니에요. 난파가 하도 떼를 쓰니 거절할 수가 있어야죠.

홍난파　거봐, 들었지? 하도 안 오겠다고 해서 내가 애걸복걸까지 했다니까.

김우진　아 알았어. 정말 수고했어. (윤심덕을 보고) 그럼, 오늘 모신 이유를 잠깐 설명 드리죠. 심덕 씨, 혹시 '동우회'란 단체를 아십니까?

윤심덕　그 단체요? 조선인 노동자와 고학생들로 구성된 단체 아닌가요?

김우진　맞습니다. 바로 그 단체에서 저희들에게 부탁을 해 왔어요.

윤심덕　부탁을요? 어떤 부탁인데요?

김우진　올 여름방학 때 조국을 순회하면서 연극공연을 좀 해 달라는.

윤심덕　연극공연을요?

김우진　예.

윤심덕　전 배우가 아닌데요. 그리고 제가 소프라논 줄 모르진 않을 텐데요. (홍난파를 보고) 난파, 이거 사람 놀리는 거야 뭐야. 성악가에게 연극을 하라니? 이게 가당키나 한 일이야? 난 이만 갈래. (자리에서 일어나려고 하자)

김우진　잠깐만요 심덕 씨. 제발 오해하지 마세요. 그리고 가시더라도 제 말을 마저 듣고 가시면 좋겠어요. 우리가 심덕 씨를 무시하는 게 절대 아닙니다.

윤심덕　그래요? (도로 앉으며) 그렇담 좋아요, 계속해 보세요.

김우진　심덕 씨. 이건 단순한 연극공연이 아닙니다. 대학생들이 방학 때 취미 삼아 하는 그런 공연은 더더욱 아니고요.

윤심덕　그러면요?

김우진　재작년에 일어난 2·8독립선언서 낭독회와 3·1독립운동 때 우리 유학생이 동참을 많이 못했거든요. 그래서 그런 점을 반성한다는 의미에서 이번 공연을 추진하려는 겁니다.

윤심덕　그래요? 듣고 보니 취지는 좋군요. 하지만 전 배우가 아니라고 말씀드렸을 텐데요.

김우진　꼭 배우를 하시라는 건 아닙니다. 심덕 씨가 하실 일이 따로 또 있거든요.

윤심덕　그래요? 어떤 일인데요?

김우진　우리가 구상하는 프로그램은 총 3부가 될 겁니다. 제1부가 연극, 제2부가 음악, 제3부가 초청 강연이죠.

윤심덕　그런데요?

김우진　오늘 심덕 씨를 모신 것은 제1부의 연극에 출연해 달라는 부탁을 드리기 위해선데, 극구 거절하시니 제2부를 난파

와 같이 좀 꾸며 주시면 합니다. 물론 심덕 씨가 노래를 몇 곡 해주시면 금상첨화겠고요.

윤심덕 (잠시 생각에 잠기더니) 노래라면, 그건 괜찮을 것 같군요. 노래 제 전공이니까요.

김우진 아이고 고맙습니다, 심덕 씨. 그럼 좀 부탁드리겠습니다.

윤심덕 좋아요. 저도 화통하다면 화통한 성격이에요. 음악 분야라니까 저도 발 벗고 나서볼게요.

김우진 정말 고맙습니다, 심덕 씨. (다른 사람들을 보고) 자 그럼 일이 대충 잘 정리됐으니, 이제부턴 식사를 하시죠.

윤심덕 잠깐만요. 그 전에 말씀드릴 게 있어요. 다른 게 아니고, 난파가 하도 떼를 쓰기에 이 자리에 오긴 했습니다만, 전 가봐야 합니다. 급한 약속이 있거든요.

김우진 그러세요? 그럼 그렇게 하세요. 근데 참 심덕 씨, 심덕 씨의 졸업 공연이 언제죠?

윤심덕 근데, 갑자기 그건 왜 묻죠?

김우진 아 우에노 음악학교의 졸업 공연은 유명하지 않습니까. 특히나 우리 유학생들이 심덕 씨의 공연을 학수고대하고 있거든요.

윤심덕 어머나 그래요? 그렇다면 초청장을 보내 드릴게요. 됐죠? 그럼 전~.

김우진 (배웅하며) 조심해서 가세요. (배웅하고 난 후) 자 여러분, 이제 식사를 합시다.

조명희 근데 수산, 이왕이면 술도 좀 시키는 게 어때?

김우진	그래야죠. 다들 술을 좋아하니까요. (그때 밖에서 날카로운 호루라기 소리가 들려온다. 잠시 후 남루한 옷차림을 한 사내가 급히 들어온다.)
사내	저 죄송합니다만, 혹시 한국 유학생입니까?
김우진	그렇습니다만?
사내	전 '동우회' 소속입니다. 제발 좀 도와주세요. 일본 순사에게 쫓기고 있습니다.
김우진	아니 왜요?
사내	우리 은신처가 발각됐거든요. 우리 간부 몇몇도 잡혀갔고요. 제발 좀 살려주세요.
김우진	(잠깐 생각하다 난파를 보고) 난파, 빨리 이층으로 모시고 가. 이층 맨 구석방 다다미를 들치면 작은 공간이 있을 거야. 그곳에다 숨겨. (사내를 보고) 어서 이분을 따라가세요. 여기 일은 우리가 어찌 해 볼게요. (두 사람이 가고 난 후)
홍해성	수산, 이러다 큰일 나는 거 아이가?
조명희	아니 이층에 그런 곳이 있다는 걸 어떻게 알았어?
김우진	가토(加藤) 상(樣)한테 들은 적이 있거든요.
조명희	가토 상?
김우진	이 집 주인요. 나도 방금 퍼뜩 생각이 났죠. 급한 일을 당하니까 촉이 빨리 오는가 봐요. 일본 순사가 들이닥친다잖아요. 지금 당장은 한 가지 방법밖엔 없어요.
조명희	뭔데 그게?
김우진	가토 상한테 사정해 보는 거요.

조명희   그게 가능할까? 까딱 잘못하면 우리까지 잡혀갈 지도 모르는데?

김우진   운에 맡겨야지 어떡하겠어요. 가토 상은 우리 조선 사람을 좋아해요. 그 때문에 춘원이 여기서 2·8독립선언서를 썼는지도 모르고요. (그때 날카로운 호루라기 소리가 바로 문밖에서 들려온다.) 그럼 전 가토 상한테 갑니다. (다들 그의 뒷모습을 초조하게 바라보고 있다.)

암전.

제2장

이 장의 첫 부분은 윤심덕의 졸업 공연장면이다. 따라서 공연장면은 따로 영상으로 처리해도 무방하다. 탑 조명이 들어오면 윤심덕이 무대 상수 한쪽에서 노래를 부르고 있다. 그녀의 노래가 끝나자 관객들이 열렬한 박수를 보내는 도중에 탑 조명이 아웃되면서 장면이 이어진다. 무대는 앞장과 같다. 조명이 들어오면 김우진을 비롯한 일행들이 그들의 단골 우동집에서 이야기꽃을 피우고 있다. 윤심덕의 졸업 공연을 보고 왔기 때문이다.

홍해성 이봐 수산, 수산은 어땠노? 난 속이 다 후련하던데.

김우진 그렇죠? 정말 좋았죠?

조명희 나도 동감이야. 정말 훌륭했어.

김우진 사실 난 반신반의했거든요.

홍난파 내가 전에 말했잖아요. 심덕 씨의 노래가 최고라고요.

조명희 어디 노래만 잘하던가? 미모도 출중하잖아. 키도 크고 말이야. 배우를 하면 '딱' 인데 참.

김우진 어쨌든 오늘은 좀 마십시다. 술은 내가 살게요. (주인인 가토 씨를 부른다.) 여기요? 가토 상? 가토 상?

가토 하이(예), 김 상? 불렀스무니까?

김우진 술 좀 주세요. 안주하고 같이요. 아 참, 가토 상, 지난번엔 정말 고마웠습니다. 일본 순사를 따돌려 주셔서요.

가토 천만의 말씀입니다. 오히려 제가 고맙죠. 여러분들이 우리 가게를 많이 찾아 주시니까요. 그럼 잠깐만 기다리세요.

홍해성 고마워 수산. 항상 술값을 내 줘서.

김우진 무슨 말씀이세요? 얼마 안 되는 걸 가지고.

조명희 얼마 안 되긴. 아무리 돈이 많아도 수산처럼은 못해. 그래서 해성이 고맙다고 하는 거야. 근데 수산, 정말 놀랄 일 아냐? 심덕 씨 말이야.

김우진 그렇죠? 청중들 반응도 엄청났고요.

가토 자, 술이 왔스무니다. 안주도 왔고요.

김우진 가토 상, 아리가토 고자이마스(고맙습니다.) (일행을 보고) 자 그럼 출출하실 테니, 우선 한잔 합시다.

조명희 그래야지. 작년 술까지 왕창 마셔야지. 작년엔 쫑파티도 못했잖아. 핫하하. (모두들 술을 마신다.)

김우진 근데 난파, 심덕 씬 대체 어떤 사람이야?

홍난파 왜요? 왈가닥처럼 보여서요? 하지만 보기완 완전 달라요. 우선 로시니나 모차르트, 푸치니 같은 서양 작곡가에 심취했고요, 성악 공부를 하고 있지만 쇼펜하우어나 니체 같은 19세기 철학자도 엄청 공부하고 있어요. 그리고 또 엄청난 독서광이기도 하고요. 벌써 우리 학교에 소문이 쫙 다 퍼졌어요. 아마 형보다 독서량이 더 많을걸요.

김우진 그래?

홍난파 근데 형은 심덕이에게 왜 그리 관심이 많죠?

김우진   뭐야?

홍난파   아닌가요?

김우진   (얼버무리며) 아, 앞으로 공연을 같이할 사람 아냐? 그 때문에 정보를 미리 좀 파악해 놓으면 좋지 않겠나 싶어서야.

홍난파   난 또 형이 엉큼한 생각을 가진 줄 알았죠.

김우진   뭐라고?

홍난파   아니, 농담입니다, 농담. 핫하하. 그리고 심덕인 이태리 유학이 꿈이랍니다.

김우진   그래? 일본 유학도 힘들 텐데 이태리 유학까지? 심덕 씨 집이 부잔가 보지?

홍난파   아니요, 엄청 가난하다던데요.

김우진   그런데 유학은 어떻게 왔지?

홍난파   운이 좋았대요. 어릴 때부터 교회에 다녔고, 또 성가대 활동도 했다던데요.

김우진   심덕 씨가 교회에 다닌다고?

홍난파   독실한 크리스천이죠. 예배에 빠지는 일이 절대 없어요.

김우진   근데 심덕 씨가 오긴 오는 거야?

홍난파   기다려 봐야죠. 온다고 했으니깐. 참, 심덕이 형제들이 다 음악을 전공한대요.

김우진   그래? 형제들이 많은가?

홍난파   언니 하나, 여동생 하나, 남동생 하나, 그렇다던데요. 언니와 여동생이 피아노를, 남동생이 성악을 각각 전공한대요.

김우진   완전 음악가 집안이네. 어쩐지 예술가 분위기를 풍긴다

했지. (이때, 윤심덕이 바삐 등장한다. 분장도 지우지 않은 채다.)

윤심덕 어머 늦어서 죄송해요.

김우진 아닙니다, 어서 오세요. (일행을 보고) 자 우리 모두 박수 한 번 보냅시다. (다들 박수를 친다.) 심덕 씨, 오늘 공연, 정말 좋았습니다. 정말 끝내줬어요.

윤심덕 어머나 그래요? 바쁘실 텐데 와 주셔서 정말 고마워요. 보시고 실망 많이 하셨죠?

김우진 실망이라뇨? 정말 최고였다니까요.

윤심덕 어머 그래요? 그럼 더더욱 감사합니다.

김우진 근데 심덕 씬, 어떤 음식을 좋아하시나요?

윤심덕 아뇨, 전 괜찮아요. 전 물만 있으면 좋겠어요.

홍난파 물? 자 물.

김우진 정말 괜찮겠어요?

윤심덕 그럼요. 사실 전 다른 약속이 있거든요.

김우진 이거 너무 아쉬운데요. 다른 약속이 있다니~. 근데 참, 심덕 씨. 혹시 이번 여름방학 때 고향 가실 건가요?

윤심덕 그럼요. 가야죠. 작년엔 못 갔거든요. 근데 우진 씨는요?

김우진 저도 갈 겁니다. 벌써 집에서 여러 번 호출 명령이 떨어져서.

윤심덕 부럽네요. 오라는 사람도 다 있으니.

김우진 심덕 씨, 죄송하지만, 주소 좀 알 수 있을까요?

윤심덕 주소요? 그러죠. 주세요, 적을 것.

김우진 (교복 안주머니에서 수첩과 만년필을 꺼내 그녀에게 주면서) 여기에다.

윤심덕   어머 고급 만년필이군요. 이거 비싼 거잖아요?

김우진   아 아닙니다. 오래 된 겁니다.

윤심덕   그래요? (그녀는 수첩에다 주소를 적어서 우진에게 준다.)

김우진   (그것을 보고는) 집이 평양이세요?

윤심덕   예. 태어난 곳은 진남포지만, 열세 살 때 평양으로 이사했
            어요.

김우진   그러시군요. 근데 혹시 제가 따로 연락을 드려도 괜찮을
            까요?

윤심덕   그럼요. 언제든지요. 그럼 전 급한 일이 있어서. 이해해 주
            실 거죠?

김우진   하고말고요. 바쁘신데 와 주신 것만 해도 얼마나 고마운
            데요. (그녀가 나간 후) 자 그럼 이제부터 본격적으로 마셔봅
            시다. 다들 잔을 채워주세요. (모두가 잔을 채우고 나자) 자 여
            러분, 우리 모두 조국의 연극발전을 위해서 건배합시다.
            건배! (다들 건배를 외친다.)

            암전.

제3장

목포에 있는 김우진의 별채. 외출 준비를 한 김성규가 우진의 아내를 부른다.

김성규 얘, 에미야.

아내 (안에서 급히 나오며) 예~ 아버님. 어디, 출타하시게요?

김성규 그래. 좀 나갔다 오마.

아내 조심해서 다녀오세요, 아버님.

김성규 그래. 좀 늦을 지도 모르니 기다리지 마라. 근데 애비는?

아내 손님이 오셔서요.

김성규 그럼 또 술에 취해 있단 말이냐?

아내 아니에요 아버님.

김성규 아니긴. 그놈이 언제쯤 철이 들른지, 쯔쯔쯧. 내 나갔다 오마. (밖으로 나간다. 그가 나간 후 우진의 아내도 자기 처소로 돌아간다. 잠시 후 우진과 심덕이 별채로 돌아와서 앞마루에 앉는다.)

윤심덕 우진 씨, 우진 씬 왜 그렇게 사람을 감쪽같이 속이세요?

김우진 무슨 말씀인지~?

윤심덕 이 집 말이에요. 모르시겠어요?

김우진 (그제서야 깨닫고는) 아니, 내 집이 아니거든요.

윤심덕 그럼 남의 집인가요? 장남이라면서요?

김우진   심덕 씬 아직도 그런 고리타분한 봉건사상을 못 버렸군요.

윤심덕   뭐라고요?

김우진   세상이 변했다고요, 아시겠어요? 난 그런 고리타분한 봉건사상과 싸우고 있거든요.

윤심덕   (뜨끔하여 화제를 돌리며) 사실은요, 우진 씨의 편지를 받고는 한참을 망설였어요.

김우진   솔직히 말하면 '오고 싶지 않았다'겠죠?

윤심덕   물론이죠. 하지만 돈을 보냈고, 또 우리가 도쿄에서도 만난 적도 있고, 그리고 또 동생들과 같이 오라고 하기에 온 겁니다. 혼자 오라고 했으면, 절대로 안 왔을 거예요.

김우진   그랬었군요. 하여튼, 결례가 되었다면 용서하세요.

윤심덕   결례는 무슨 결례요. 오히려 영광이죠. 하지만 난 우진 씨가 이런 고대광실을 가진 엄청난 부잣집 아들이라고는 꿈에도 생각 안했거든요. 그런데 와서 직접 보는 순간~.

김우진   (웃으며) 기절할 뻔했다?

윤심덕   더더욱 놀라운 것은.

김우진   또 있어요?

윤심덕   가족음악회요.

김우진   그게 왜요?

윤심덕   입에 풀칠하기도 어려운 이 조선 땅에서 가족음악회를 여는 집이 과연 몇이나 되겠어요? 특히나 경성도 아닌 이 목포에서라니~.

김우진   그거 별 거 아닙니다.

윤심덕 별 거 아니라니요. 제발 다음부턴 미리미리 언질 좀 주세요.

김우진 뭐 정 원하신다면 그렇게 하죠.

윤심덕 나도 웬만한 것에는 잘 놀라지 않아요. 그 때문에 여장부 같다는 둥, 왈가닥 같다는 둥, 별별 소릴 다 듣지만요.

김우진 자 자 그만 오해를 푸세요. 우린 서로를 잘 알잖아요.

윤심덕 내 미리 말해 두는데요. 솔직히 난 남자들에겐 별 관심이 없거든요.

김우진 그럼 혹시 내가 흑심이라도 가졌단 뜻인가요?

윤심덕 그런 게 아니라~.

김우진 이봐요, 심덕 씨. 이거 사람 잘못 본 겁니다. 난 아내가 있는 놈이에요. 자식도 있고요.

윤심덕 목소리 좀 낮춰요. 누가 듣겠어요.

김우진 어, 미안합니다. 잠시 흥분했나 봅니다. 심덕 씨가 하도 엉뚱한 트집을 잡기에 그만~.

윤심덕 아이참. 농담도 못해요? 난 우진 씨가 존경스럽단 말이에요. 엄청난 부잣집 아들이면서도 그런 티를 전혀 안 낸다는 사실, 그 자체가 너무나 존경스럽다구요.

김우진 과분한 말씀을요. 하긴 나도 심덕 씨가 존경스러워요. 경성도 아닌 도쿄에서 당당하게 자기 자신을 내세우는 여성이 심덕 씨 말고는 누가 또 있겠어요.

윤심덕 갑자기 왜 치켜세우죠?

김우진 치켜세우는 게 아닙니다.

윤심덕 아니면요?

김우진	지금까지 일본으로 유학 간 여성이 몇이나 되는 줄 아세요? 우리 조선에서요?
윤심덕	아뇨.
김우진	의학을 전공하는 허영숙, 문학을 전공하는 김연실, 그리고 바로 성악가 윤심덕, 겨우 그 정도밖에 안 된다고요. 아시겠어요?
윤심덕	너무 과분한데요. 내가 그분들과 비교가 되나요?
김우진	난 더 훌륭하다고 봐요. 지금까지 성악 전공으로 유학 간 사람은 심덕 씨가 유일하니까요.
윤심덕	우진 씨가 날 감동시키는군요. 그 말 진심이죠?
김우진	그럼요. 심덕 씬 조만간 조선 음악계의 대스타가 될 겁니다.
윤심덕	듣기 거북하군요. 스타라는 말이. 혹시 날 사랑한다고 하면 또 모를까.
김우진	예?
윤심덕	호호호, 아니에요. 농담이에요.
김우진	그래요? (화제를 돌리며) 사실 가족음악회는 하나의 핑곕니다. 그냥 오라고 하면 필시 안 올 것 같아서 가족음악회 핑계를 댄 겁니다. 하지만, 이건 우리 둘만의 비밀입니다.
윤심덕	어머나, 우진 씨에게도 그런 면이 있었어요? 놀라겠는데요. 근데 우진 씨, 우진 씨는 날 어떻게 생각하세요?
김우진	우리 집까지 초청한 것을 보고도 모르겠어요? 난 오래전부터 심덕 씨를 생각해 왔어요. 진심으로 사귀고 싶은 사

람으로요.

윤심덕   정말요? 그냥 입에 발린 소린 아니겠죠?

김우진   그럼요. 사실 난 참으로 외로운 놈입니다. 네 살 때 어머니가 돌아가셨거든요. 일본서 유학할 때 한때는 후미꼬란 간호사와 사랑에 빠지기도 했는데 그녀도 갑자기 저 세상으로 먼저 가 버렸고요. 아내가 있긴 하지만 성격 차이가 너무 크지요.

윤심덕   우진 씨에게 그런 고민이 있는 줄은 전혀 몰랐어요. 미안해요, 우진 씨. 그나저나 방학이 끝나고 도쿄로 돌아가면, 우리 다시 또 만날 수 있을까요?

김우진   그럼요. 만나야죠. 도쿄에 도착하면 연락 주세요. 아니 내가 먼저 연락할게요.

윤심덕   거짓말 아니죠? 그 말?

김우진   그럼요. 근데 그건 왜 묻죠?

윤심덕   (대답을 하지 않고 빤히 쳐다만 본다.)

암전.

제4장

도쿄의 와세다 대학 인근에 있는 김우진의 하숙집. 전형적인 일본식 가정집이다. 50대 중반의 하숙집 여주인이 청소를 하고 있는데 윤심덕이 등장한다.

윤심덕   저, 실례합니다.

여주인   어떻게 오셨는데요?

윤심덕   혹시 여기가 김우진 씨 하숙집 맞는가요?

여주인   (심덕을 아래위로 살펴보며) 그렇습니다만, 근데 누구시죠?

윤심덕   우진 씨 친굽니다. 혹시 지금 집에 있나요?

여주인   그럴걸요. 잠깐만요. (우진의 방을 보고) 우진 학생, 우진 학생? 좀 나와봐요. 손님이 오셨어요.

김우진   (방에서 나오다 심덕을 보고는 깜짝 놀라며) 아니 심덕 씨. 어쩐 일이세요, 아무 연락도 없이? (여주인을 보고) 제 친굽니다, 아주머니.

윤심덕   (여주인을 보고 인사를 하며) 윤심덕이라 합니다.

김우진   유명한 성악갑니다, 아주머니.

여주인   그러세요? 그럼 얘기 나누세요. 전 들어가 볼게요. 필요한 게 있으면 알려 주시고요.

김우진   그럼 커피 한잔 주시겠어요, 아주머니? (여주인은 알았다는 제

스처를 하고는 안으로 들어간다.)

윤심덕　(전방을 바라보며) 어머, 저기 저 경치 좀 봐. 단풍이 절정이군요. 전망도 너무 좋고요. 마치 신선이 사는 곳 같은데요. 우진 씨, 얼른 이리 좀 와 봐요. (이때 여주인이 커피를 가져온다.)

여주인　우진 학생, 커피 여기 둘게요.

김우진　고맙습니다, 아주머니. 아주머니 최고. (심덕을 보고) 심덕씨, 경치 구경은 그만하고 이리 좀 와 보세요. (심덕이 와서 앉자) 이 커피요, 아무에게나 주는 거 아닙니다. 보통 커피가 아니에요.

윤심덕　(한 모금 마셔 보고는) 어머 맛이 좋은데요.

김우진　우리 아주머니 솜씨가 보통 아니거든요.

윤심덕　(화제를 돌리며) 근데, 왜 여태 연락 안 했어요? 도쿄에 오면 먼저 연락하겠다고 해 놓고선.

김우진　내가요? 언제?

윤심덕　내 이럴 줄 알았다니까. 그렇게 철석같이 약속해 놓고선. 세상엔 믿을 놈 하나도 없다더니~.

김우진　정말 환장하겠네. 아 언제요?

윤심덕　까마귀 고기를 삶아 먹었어요? 가족음악회 때요. 기억 안나세요? 우진 씨 집에서요.

김우진　(그제 서야 생각나는 듯) 아~예.

윤심덕　'아~예'라뇨? 그럼 그냥 해 본 소리였어요, 그때?

김우진　아닙니다. 절대로. 이거 정말 미안하게 됐습니다.

윤심덕　아, 됐어요.

김우진	용서하세요. 잘못했다니까요.
윤심덕	내가 우진 씨를 정말 좋아해서 찾아온 줄 아는 모양이죠?
김우진	그럴 리가요.
윤심덕	혹시 몸이 아프지는 않을까, 혹시 또 무슨 사고가 생기지는 않았을까, 여러 가지로 걱정이 돼서 왔을 뿐이라고요, 아시겠어요?
김우진	허허 이거 참. 제발 화 좀 푸세요. 오해하지 말고요. 그리고 아무리 화가 나더라도 내 심장이 뛰고 있다는 사실만은 좀 알아주세요.
윤심덕	무슨 뚱딴지같은 소리에요? 심장이 뛰다니요?
김우진	심덕 씨를 보니까요. 보고 싶었다는 말이죠.
윤심덕	쳇, 새빨간 거짓말.
김우진	아니, 왜 내가 거짓말을 하겠어요?
윤심덕	제발 그 우유부단한 성격 좀 버리세요.
김우진	우유부단하다고요?
윤심덕	왜 그렇게 정색을 하세요? 혹시 어디 찔리는 데라도 있어요?
김우진	전혀요. (이때 중학생인 하숙집 딸 하루꼬가 집으로 들어온다.) 안녕 하루꼬, 학교 갔다 오니? (하루꼬는 우진과 심덕이 같이 있는 모습을 빤히 쳐다보고는 이내 기분 나쁘다는 듯 휑하니 안으로 들어가 버린다.) 이 집 딸이죠. 중학생이고요.
윤심덕	보통 아니겠는데요, 성격이.
김우진	아마도 사춘기라서.

윤심덕	우진 씨를 짝사랑하는 건 아니고요?
김우진	에이 농담이라도.
윤심덕	여자들에겐 촉이 있거든요. 그건 그렇고, 이제 그만 고백할게요.
김우진	(놀라며) 고백이라뇨?
윤심덕	불쑥 찾아와서 미안하다는.
김우진	(김이 새는 듯) 난 또~. 사실은 나도 심덕 씨 소식이 무척 궁금했었어요.
윤심덕	왜요? 혹시 내가 엉뚱한 짓을 할까 봐서요?
김우진	내 참, 농담이 아니에요. (이때 하루꼬가 몰래 숨어서 두 사람을 엿보고 있다. 그러자 여주인이 안에서 소리친다.)
여주인	하루꼬, 거기서 뭐하니, 빨리 들어오지 않고. 들어 와, 어서. (들킨 하루꼬 는 놀라서 안으로 급히 사라진다.)
윤심덕	맞죠, 내 말이?
김우진	아직 철부집니다. 신경 쓰지 마세요.
윤심덕	근데요, 아까 그 말 진심이세요?
김우진	그 말이라니요?
윤심덕	심장이 뛴다는?
김우진	아 그럼요. 근데 그건 왜 묻죠?
윤심덕	나도 여자거든요.
김우진	우리 서로 자존심 싸움은 하지 맙시다. 사랑 앞에서 자존심이 왜 필요합니까.
윤심덕	그 말, 내가 하고 싶은 말이거든요. 어쨌든 우진 씨의 마음

을 뒤늦게라도 알았으니 다행이에요. 근데 실은 긴히 의논할 일이 있어서 왔는데, 여기서는 좀 그렇군요.

김우진 그럼 다른 데서 만나죠.

윤심덕 '도쿄 카페'는 어때요? 우리가 자주 간~.

김우진 좋습니다. 언제요?

윤심덕 우진 씨가 정하세요.

김우진 (잠시 생각한 후) 오는 토요일 저녁 7시는 어때요?

윤심덕 좋아요. 그럼 이만 가 볼게요. 저 꼬맹이에게 감시당하긴 싫거든요. 호호호. (그녀가 나가고 나자 우진은 자기 방으로 들어간다. 잠시 후 그는 보통이 하나를 들고 나와서 하숙집 아주머니를 부른다.)

김우진 아주머니, 아주머니?

여주인 (안에서 나오며) 조금 전 그 아가씬 갔는가 봐요?

김우진 예, 갔습니다. 근데 아주머니, 아깐 손님 때문에 말씀을 못 드렸는데요. 그동안 정말 고맙다는 말씀 꼭 드리고 싶습니다. 어젯밤에 가만히 계산을 해보니, 제가 근 3년 동안 하숙을 했더라고요. 그동안 밥이며 빨래며 여러 가지로 많은 신경을 써 주셔서 정말 고맙습니다.

여주인 아니에요, 우진 학생. 제가 오히려 고맙습니다.

김우진 아닙니다, 아주머니. 제가 졸업도 했고요, 또 귀국도 낼모레고 해서, 작은 증표를 하나 드리고 싶습니다. (안주머니에서 만년필을 꺼내고는) 제가 쓰던 만년필입니다. 별거 아니지만 받아 주세요, 아주머니.

여주인 (깜짝 놀라며) 우 우진 학생, 이러시면 안 됩니다. 이렇게 귀한 것을~.

김우진 아니에요, 아주머니. 자요. 그리고 저기 저 보퉁이 속에는 원고 뭉치가 들어 있어요. 제가 쓴 작품들이죠. 시도 있고 희곡도 있고 그래요. 저것도 기념으로 드릴게요. 그래도 될까요?

여주인 아휴 그럼요. 되고말고요. 우진 학생은 수재라고 소문이 났으니 반드시 큰 인물이 될 거예요. 부디 훌륭한 사람이 되세요. 그리고 우진 학생이 주신 선물은 우리 집 가보처럼 잘 보관할게요.

암전.

제5장

며칠 후. '도쿄 카페'. 윤심덕이 카페에 앉아서 우진을 기다리고 있다. 그녀 앞에는 맥주병이 2~3개 놓여있다. 감미로운 음악도 흐르고 있다. 그녀는 책을 보기 시작한다. 잠시 후 우진이 들어온다.

김우진   심덕 씨, 일찍 오셨군요.

윤심덕   오다보니 그렇게 됐네요. 하지만 오히려 잘됐어요. 간만에 음악도 듣고, 생각도 좀 정리할 수가 있어서.

김우진   (앉으며) 별일 없었죠, 그동안? 근데 의논할 일이란?

윤심덕   (잠시 뜸을 들이다.) 자문을 좀 받고 싶어서요. 그리고 또 귀국하면 어떻게 해야 할지도 잘 몰라서.

김우진   무슨 걱정이세요? 지금 경성에는 심덕 씨를 능가할 사람이 아무도 없어요.

윤심덕   오페라 가수가 되려고 연극까지 했었는데~.

김우진   '인형의 집'에도 출연했잖아요?

윤심덕   노라 역을 맡았죠. 연극은 노래와는 또 다른 감동을 준다는 사실도 그때 처음 알았고요.

김우진   도쿄 제국극장으로부터 스카우트 제의까지 받았다면서요?

윤심덕   그랬죠.

김우진   근데 왜 거절했어요?

윤심덕　사실은 계약금이 얼마 안 됐어요. 지금도 그렇지만, 그땐 돈이 정말 필요했거든요.

김우진　그랬군요. 근데 심덕 씨완 경우가 완전히 다르지만, 돈은 우리 아버지가 가장 좋아하는 것이기도 합니다.

윤심덕　무슨 뜻이에요?

김우진　우리 아버진 속물주의자거든요. 돈이라면 자다가도 벌떡 일어나는 사람이니까요. 그래서 전 경멸합니다.

윤심덕　아버지를요?

김우진　예. 돈을 최고라고 여기는 사람이라서.

윤심덕　그럼 우진 씨는 돈 없이도 행복할 수 있다고 생각하세요?

김우진　그럼요.

윤심덕　이제 보니 우진 씬, 이상주의자군요.

김우진　예?

윤심덕　아닌가요? 돈이 얼마나 중요한데요. 특히나 예술을 하는데는요. 오죽하면, 돈 걱정 않고 노래를 하는 것이 나의 소원일까요.

김우진　그럼 돈이 많다고 다 행복할까요? 전 그 반대라고 봐요. 아니 돈 때문에 더 중요한 것을 잃는다고 봐요. 특히나 영혼이 그렇죠. 돈이 영혼을 파괴하기 때문이죠.

윤심덕　무슨 궤변이세요?

김우진　궤변이라니요?

윤심덕　아니라면 알아듣기 쉽게 설명 좀 해 봐요.

김우진　이를 테면, 괴테의 희곡 「파우스트」에서, 악마 메피스토페

레스가 파우스트에게, "만약 영혼만 판다면 원하는 것을 마음대로 주겠다"고 유혹하는 것과 같다는 말이죠.

윤심덕 그렇다면 아버지가 메피스토페레스?

김우진 그럼요. 또한 정이라고는 손톱만큼도 없고요.

윤심덕 하지만 정신까지 팔라곤 안 했을 텐데요.

김우진 왜 안 해요. 수십 번도 더 했어요.

윤심덕 그래요? 그렇다면 난 어떡하면 좋겠어요? 수중에 쥔 것이라곤 아무것도 없거든요.

김우진 사람이 죽으라는 법은 없습니다. 용기를 내세요. 그리고 선구자 앞엔 항상 가시밭길이 놓여있다는 사실도 잊지 말고요.

윤심덕 그럴까요? 그래도 우진 씨 앞이라 이런 푸념이라도 하는 거예요. 다른 사람 앞에선 절대로 못해요. 자존심 때문에요. 그래서 여기서 만나자고 한 거고요.

김우진 심덕 씨, 그만 두 눈 딱 감고 귀국하세요.

윤심덕 우진 씨는요?

김우진 나도 해야죠.

윤심덕 귀국하면 난 경성에서 살 겁니다.

김우진 (밝은 표정으로) 그래요? 그럼 우리 경성에서 만나면 되겠네요.

윤심덕 그렇겠죠.

김우진 이제야 마음이 좀 놓이는군요. 사실 전 심덕 씨를 못 만날까 봐 고민 많이 했거든요.

윤심덕 우진 씨, 우리 같이 건배해요.

김우진	(놀라며) 아니 교회에 나가잖아요?
윤심덕	나가죠. 하지만, 이제부턴 마실 겁니다.
김우진	예?
윤심덕	담배도 피울 거고요. 이제부턴 나도 신여성이 될 겁니다.
김우진	이거 참 토픽감인데요. 독실한 크리스천이 술과 담배를 하다니요. 하지만 난 적극 찬성합니다. 자, 그럼 우리 건배합시다. (두 사람이 건배를 하고 있는데, 난파가 들어온다. 오늘도 어김없이 바이올린 케이스를 들고 있다.)
홍난파	아니, 이게 어찌된 일이우? 조선을 대표하는 두 청춘남녀가 여기서 밀회를 즐기다니.
윤심덕	어쩐 일이야, 난파.
홍난파	왜 내가 오면 안 되나. 여긴 내 단골 카페기도 하거든.
김우진	어허 난파, 농담 그만하고 얼른 앉아.
홍난파	(앉으며) 근데 어쩐 일이우? 두 사람, 진짜 사귀는 거요?
김우진	이 사람 참.
윤심덕	왜 사귀면 안 돼?
홍난파	아니, 농담이야 농담. 근데 두 분은 귀국한다면서요?
김우진	그럼. 난 목포로, 심덕 씨는 경성으로. 난파는 이 도쿄에 남아서 좋겠다.
홍난파	좋긴 뭐가 좋아요. 나도 귀국하고 싶어 죽겠는데.
윤심덕	그럼 같이 가든가.
홍난파	그럴까? 이참에 나도 같이 따라 붙일까. 일본 놈들 꼬라지도 보기 싫고 하니까.

김우진 쓸데없는 소린. 이왕 만났으니 우리 같이 한잔 하지. 이 도쿄에 홀로 남아 고군분투할 대(大) 작곡가를 위해서. (세 사람은 건배를 한다.)근데 난파, 부탁이 하나 있어.

홍난파 부탁이라뇨, 느닷없이?

김우진 우리 셋은 곧 이별할 거 아냐. 세상이 어수선해서 또다시 같이 만나기는 어려울 테니까, 오늘 두 사람이 고별공연을 좀 하시란 말이지. 난파의 바이올린 반주에 심덕 씨의 노래로. 난 심덕 씨의 노랠 가까이서 꼭 한번 듣고 싶었거든.

윤심덕 어머 그래요? 난파, 그럼 우리 한번 해 볼까? (심덕과 난파, 서로 잠시 의논한다. 이윽고 난파가 반주를 시작한다. 그가 작곡한 '애수(봉선화)'란 곡이다. 처량하고 구슬픈 멜로디의 음악이다. 심덕의 노래가 시작된다. 난파의 바이올린 활이 점점 현란하게 요동친다. 심덕의 노래도 점점 더 고조된다.)

암전.

제6장

경성의 고급 카페. 경성 갑부 이용문의 단골 카페다. 관능적인 조명 불빛 아래 애절한 기타 선율이 흐르고 있다. 경성 갑부 이용문이 양주잔을 앞에 두고 마담과 이야기를 하는 중이다. 그는 벌써 술이 좀 취한 상태다.

이용문 이봐요, 마담, 그대는 왜 늙지도 않는 거야? 도대체 그 비결이 뭐야? 응~.

마담 사장님도 참. 늙지 않긴요. 온 얼굴이 쭈글쭈글 주름투성이인데요.

이용문 그러지 마, 마담. 늙었다고 사람 구박 너무 하지 말라구. 나도 좀 봐 주고 그러란 말이야. 핫하하.

마담 필시 좋은 일이 있군요. 이렇게 쫙 빼입으신 걸 보니까요? 안 그래요, 사장님?

이용문 그래? 티가 나나?

마담 그럼요. 대체 어떤 여자에요?

그때 윤심덕이 카페 안으로 들어선다.

이용문 (거드름을 피우며) 어이 심덕 양, 여기요 여기.

윤심덕   (다가와서 인사를 한다.) 안녕하세요?

마담   (놀라며) 과연 미인이시군요. 그럼 말씀 나누세요. 그럼 전, 가 볼게요.

이용문   응 그래. (심덕을 보고) 좀 앉아요.

윤심덕   (앉으며) 오래 기다리셨어요?

이용문   심덕 양을 만나는데 좀 기다린들 뭐가 대수겠소? 내, 일 년도 기다릴 수 있어요. 근데 뭘 드시겠수? 양주? 아니면 삐루?

윤심덕   아뇨. 술은 못 합니다.

이용문   이거 아쉬운데요. 심덕 양과 한잔하길 간절히 바랬는데. 하지만 괜찮소. 오늘만 날이 아니니까.

윤심덕   근데 무슨 일로?

이용문   (심덕을 빤히 쳐다보더니) 과연 미인이군요.

윤심덕   벌써 취하셨어요? 근데 절 보자고 하신 이유가 뭐죠?

이용문   어허 이렇게 성질이 급하시긴. 시간도 많은데.

윤심덕   할 말 없으시면 전 가보겠어요.

이용문   에이 그럼 안 되지. 아직 본론을 안 꺼냈는데.

윤심덕   그러니까 빨리 말씀하시라니까요.

이용문   심덕 양, 동생 유학비 때문에 걱정이 많다면서요?

윤심덕   (잠시 흠칫하다.) 정말 소문도 빠르군요. 사실이에요. 근데 왜 요? 그게 사장님과 무슨 관계죠?

이용문   아따 참. 성격이 화끈하시다더니, 그 소문도 사실이구면.

윤심덕   (화를 참으며) 연세도 있으시고 해서 참는 중입니다만, 전 다른 여성들과는 달라요. 돈 좀 있다고 이러는 거 아닙니다. 조심하세요. 오늘은 초면이라 이 정도 해 두는 겁니다. 아 시겠어요?

이용문 (움칫하며) 아니 그게 아니고~. 내 참, 난 진심으로 심덕 양 을 걱정해서 하는 소립니다. 심덕 양을 도와주고 싶다니 까요.

윤심덕 절 도우시겠다고요? 어떻게요? 제가 만만하게 보이나 보 죠? 정신 똑바로 차리세요. 전 조선 최고의 소프라노라구 요. 아시겠어요?

이용문 자 자 심덕 양, 그만 오해를 푸세요. 화도 좀 풀고요. 그렇 담 본론부터 말할게요.

윤심덕 아 진작에 말했잖아요. 빨리 말씀하시라고.

이용문 이건 절대 장난이 아니오, 심덕 양. (손가방에서 봉투를 꺼내 테 이블 위에 놓으며) 이거 얼마 안 되지만, 받아두세요.

윤심덕 (놀라며) 뭐죠 이게?

이용문 돈입니다.

윤심덕 예? 처음 보는 제게 돈을요?

이용문 초면에 이런다고 오해하실지 모르지만, 절대 오해하지 마 세요. 나는요, 심덕 양이 동생 유학비와 부모님 생활비 때 문에 고민한다는 소문을 듣고는 도저히 그냥 있을 수가 없었어요. 조선 최고의 소프라노가 돈 때문에 고생한다는 게 말이 됩니까? 말이 안 되지요. 그리고 또 내가 돈이 없 다면 모를까~. 그래서 드리는 겁니다. 그 어떤 조건도 없이 그냥요.

윤심덕 (잠시 생각한 후) 좋아요. 이미 저의 사정을 다 알고 계신다니 더 이상 설명이 필요 없겠군요. (봉투를 살펴보고는) 아니 이렇게 많은 돈을? 사장님, 절 놀리시는 겁니까? 이렇게 큰 돈을 주시고도 아무 조건이 없다고요?

이용문 그렇소.

윤심덕 솔직하게 말씀하세요. 정말 없어요?

이용문 (잠시 머뭇거린다.) 다만 한 가지, 혹시 심덕 양이 시간 있을 때 저의 말동무나 되어 준다면~.

윤심덕 뭐요? 말동무요? 드디어 슬슬 본색을 드러내시는군요. 좋아요. 그럼 그 말동무란 뭘 의미하죠?

이용문 아니 그냥 그대로 말동무지요. 내가 나이가 많아서 언제 죽을지도 모르고, 그리고 또 사업 때문에 스트레스도 엄청 받고 해서요. 돈이 많다고 걱정이 없는 줄 아시오? 천석꾼은 천 가지, 만석꾼은 만 가지 걱정이 있다는 말도 있다오. 그 말이 나한테 딱 맞는 말이오. 내가 바로 그 짝이거든.

윤심덕 (다소 진정되어) 그렇다면 단지 말동무만 하면 된다는 말이죠?

이용문 아 그렇다니까요. 다른 뜻은 없어요. 그러니 넣어두세요.

윤심덕 좋아요. 그럼 호의는 고맙게 받겠습니다. (봉투를 핸드백에 넣고는) 그럼 전, 가 볼게요. 또 다른 약속이 있거든요.

이용문 그래요? 그럼 얼른 가 보세요. 다음에 또 연락하리다. (그는

음흉한 미소를 짓는다.)

암전.

제7장

한 달 후. 목포의 고급 일식집. 우진이 일식집 주방장과 마주 보고 앉아있다. 우진은 술을 마시고 주방장은 이야기 상대를 해 주고 있다. 우진은 조금 취했다.

주방장 사장님, 귀~헌 손님이 오신다면서요이?

김우진 그렇소. 먼 데서.

주방장 그라믄 쪼~까 있다가 드시는 게 좋지 않겄소이? 아따 참말로, 벌써로 취하믄 안 되제라.

김우진 괜찮소. 편한 사람이 올 거라서.

주방장 아하~, 그라요? 그라믄 지가 특별히 뭣을 준비해야 쓸까요이?

김우진 아가씨가 오니까 아가씨 입에 맞는 걸로 준비해 주세요.

주방장 워메 아가씨요? 아따 그라믄 나가 알아서 그냥 착착~, 허허허~. 근디 사장님?

김우진 왜요?

주방장 거~ 쪼까 거시기 좀 해야 쓰겄는디요.

김우진 그래요? 무슨 말씀인데요?

주방장 고것이 말이요이. 혹시 댁에 무신 일이 있능가 싶어서요. 아, 긍게 하루도 빠지지 않고 술을 드시니께요. 암만 생각을 해봐도 분명 뭔 큰일이 있어분 거 아닌가 싶당게요.

김우진 내가 그렇게 많이 마시나?

주방장 워메, 증말 몰라서 허는 소리요? 시방 이 목포에서 술로는 사장님을 따라 올 사람이 아무도 업당께요. 참말로 거시기 하지요이.

김우진 거시기 하다고요?

주방장 아따 참말로, 그냥 해본 소리제라. 나 말은 사장님 건강이 걱정 되야서요. (이때 심덕이 등장한다.) 워매 아까 말쏨 하신 그 아가씨? 허허허~. 그라믄 지는 이만. (자리에서 일어난다.)

김우진 어서 와요, 심덕 씨.

윤심덕 이젠 마중도 안 나와요?

김우진 아니 나오지 말라고 한 사람이 누군데요? 얼른 와서 앉으세요. 피곤하실 테니까. (주방 쪽을 보고) 주방장님, 맛있는 거 많이 좀 주세요. (안에서 예 예, 한다.)

윤심덕 (우진의 맞은편에 앉으면서 빈 술병을 보고는) 아니 이렇게 많이 마셨어요?

김우진 그래서 날보고 거시기 하다네요.

윤심덕 거시기라니요?

강우진 아 징글징글 하답니다. 술을 너무 많이 마신다고. 핫하하.

윤심덕 (걱정이 있는지 표정이 어둡다.) 아무리 술을 좋아한다지만 그래도 건강을 생각해야죠.

김우진 예 예 잘 알아 모시겠습니다. 근데 심덕 씨, 무슨 걱정 있어요? 조선 걱정은 혼자서 다 하고 있는 표정인데요.

윤심덕	(짐짓 못 들은 척한다.)
김우진	아, 그러지 말고 속 시원히 좀 털어놔 봐요. 무슨 일인지를~.
윤심덕	우진 씨, 가난뱅이 주제에 낙후된 조선을 걱정한다면 이해할 수 있겠어요? 그것도 일개 여자의 몸으로?
김우진	왜 또 그래요. 제발 다른 덴 신경 쓰지 마세요. 그래도 심덕 씨니까 그런 생각을 하지, 아무나 그런 생각을 못해요. 근데 누가 또 험담을 하든가요?
윤심덕	아뇨. 여자의 몸으로 고리타분한 옛 전통과 싸워야 하는 현실이 너무도 서글프고 화가 나서요.
김우진	그렇겠죠. 심덕 씨의 그런 점이 날 감동시켜요. 감히 남자도 하지 못하는 그런 일을 심덕 씨가 하니까요.
윤심덕	우진 씬, 날 잘못 봤어요. 난 아무짝에도 쓸모없는 인간이에요. 인생 낙오자예요. 오페라 가수가 되겠다는 꿈 하나로 여태껏 버텨 왔지만, 이젠 그 꿈도 포기해야 하니까.
김우진	아니 왜요? 왜 포기를 해요? 그렇게 고생을 해 놓고?
윤심덕	나도 약한 여자거든요. 나도 감정이 있거든요. 다른 여자들처럼 뜨겁게 사랑도 하고 싶고요. 사랑하는 사람만 있다면 둘이서 손잡고 밤새도록 걷고도 싶다고요.
김우진	자 자 너무 자학하지 말고, 우선 술이나 한잔 받아요. 나도 한잔 주고요. 어서요.
윤심덕	그러죠. 이럴 땐 술이 약이 될지도 모르니까.
김우진	(술을 마신 후) 심덕 씨, 정말 보고 싶었어요.
윤심덕	벌써 취했어요? 속에도 없는 말을 다 하고.

김우진   취하긴요. 완전 맨정신으로 하는 말입니다. 그리고 진심으
        로 하는 말이고요.

윤심덕   믿기지가 않는데요. 평소의 우진 씨완 너무 달라서요. 우
        진 씬 그런 말을 쉽게 하는 성격이 아니잖아요.

김우진   심덕 씬 잘 모를 겁니다. 내 심정을요.

윤심덕   내가 어떻게 알겠어요?

김우진   난 항상 외롭고 속이 허전해요. 그래서 매일같이 술을 마
        시죠. 하지만 아무리 마셔대도 해결이 안돼요. 그럴수록
        외로움만 더해질 뿐이거든요.

윤심덕   아니 이거 혹 떼러 왔다가 혹 붙이고 가게 생겼는데요.
        이봐요 우진 씨, 정신 차리세요. 우진 씨에겐 아내가 있
        잖아요?

김우진   있지요. 있고말고요. 하지만 있으면 뭘 해요. 서로 말이 안
        통하는데.

윤심덕   말이 안 통해요? 부부 사인데? 그리고 그 말을 믿으라고요?

김우진   안 믿어도 좋아요. 하지만 난 기다렸다고요. 매일같이 심
        덕 씨를. 우린 서로 말이 통하기 때문이죠. 더불어 예술도
        논할 수 있고요. 그런 사람은 이 조선에서 심덕 씨밖엔 없
        어요.

윤심덕   그럼 내가 불청객은 아니군요.

김우진   불청객이라뇨? 전혀요. 오히려 내겐 그리움의 대상이죠.

윤심덕   (놀라며) 예? 아니 어쩜 이렇게도 이심전심일까. 솔직히 말
        하면, 나도 무척 오고 싶었어요. 자존심 때문에 먼저 말을

안했을 뿐이지만~.

김우진 (투정하듯이) 그랬다면 벌써 왔어야죠.

윤심덕 이 목포까지요? 나 혼자서?

김우진 하기야 너무 먼 거리죠. 경성에서 목포까지는.

윤심덕 그보다는 우진 씨가 어떻게 생각할까가 더 두려웠어요.

김우진 그건 나도 마찬가지죠. 심덕 씨가 날 어떻게 생각할지를 잘 몰라서~.

윤심덕 아니 우진 씬 아직도 날 못 믿나요?

김우진 못 믿는 사람을 기다리는 바보도 있을까요?

윤심덕 우진 씨, 방금 그 말 진심이죠? 농담 아니죠?

김우진 속을 보여드릴까요?

윤심덕 우진 씨가 정말 날 감동시키는군요. (술을 마신다.)

김우진 (잠시 생각에 잠긴 후) 심덕 씨, 앞으론 더이상 이곳에 오실 필요가 없게 됐습니다.

윤심덕 아니 왜요? 우진 씨, 그 말 무슨 뜻이죠?

김우진 이곳을 떠날 거라서.

윤심덕 그럼 무슨 일이 있었단 말~?

김우진 자세한 얘긴 나중에 하죠. 여긴 식당이라서. (화제를 돌리며) 근데 심덕 씬 대스타가 됐던데요?

윤심덕 스타는 무슨 스타요. 전부 다 빛 좋은 개살구일 뿐이죠.

김우진 빛 좋은 개살구요? 핫하하.

윤심덕 왜 웃어요?

김우진 기분이 좋아서요. 스타와 함께 술을 마시니까요. 핫하하.

　　　　근데 심덕 씨 (담배를 꺼내며) 차라리 우리가 도쿄에 눌러앉았다면 얼마나 좋았겠어요. 그곳엔 신경 쓸 사람이 아무도 없으니까요.

윤심덕　　나도 같은 생각이에요. 전엔 잘 몰랐는데 요즘 들어 도쿄에 있을 때가 참 좋았다는 생각이 자주 들어요. 근데 우진 씨, 왜 안 묻죠? 내가 여기 온 이유를요?

김우진　　물을 필요가 있을까요? 그대 눈빛이 다 말해 주는데.

윤심덕　　(잠시 뜸을 들인 후) 부모님이 성홥니다. 시집가라고.

김우진　　(놀라며) 시집을요?

윤심덕　　아니 왜 그렇게 놀라세요?

김우진　　(얼버무리며) 노 놀라긴요. (술을 마신다.)

윤심덕　　난 결혼 같은 건, 안 할 생각이에요.

김우진　　(다소 안심이 되는 듯) 그렇군요. 하지만 신중하게 결정하세요.

윤심덕　　근데요 우진 씨, 내가 만약 우진 씨에게 프러포즈를 한다면 어떡하겠어요?

김우진　　심덕 씨, 아직도 그런 고정관념을 못 버렸어요? 낡은 전통과 싸운다면서요?

윤심덕　　그 말은 받아들인다는 말?

김우진　　물론이죠. 그보다 더한 일도 할 수 있어요. 심덕 씨와 함께라면.

윤심덕　　"처자식이 있는 남자와 시집도 안 간 처녀가 서로 사랑을 한다." 이런 소문이 나면 난리가 나겠죠? 신문에도 대문짝만하게 날 거고.

김우진   두려우세요?

윤심덕   두렵긴요. 우진 씬 내 성격 잘 알잖아요.

김우진   (심덕을 빤히 바라보다.) 심덕 씨! 난 감옥 같은 우리 집에선
         더 이상 살 수가 없어요. 숨이 막혀 죽을 것 같거든요.

윤심덕   숨이 막히다니요? 그럼 어쩔 건데요?

김우진   (결연히) 도쿄로 갈 겁니다.

윤심덕   (놀라서) 도쿄로요? 언제요?

김우진   날짠, 아직 정해지지 않았지만.

윤심덕   우진 씨, 어쨌든 신중히 결정하세요. 매사에 빈틈없는 사
         람인 줄은 알고 있지만요. 근데 우진 씨, 사실은 부탁이 있
         어서 왔어요.

김우진   부탁이라뇨?

윤심덕   (망설이다.) 배우를 하고 싶어서요.

김우진   배우요? 배우는 못한다고 손사랠 쳤잖아요.

윤심덕   그랬죠, 옛날엔. 하지만 가수 출연료만으론 생활이 되질
         않아서요. 의상비도 채 안 되거든요.

김우진   사정이 어렵단 말인데~.

윤심덕   (말이 없다.)

김우진   그럼 한 가지만 물어봐도 될까요?

윤심덕   그럼요.

김우진   혹시, 이용문이란 사람과의 소문은~.

윤심덕   우진 씨 귀에까지 들어갔군요. 좋아요. 이왕 이렇게 된 거
         솔직하게 얘기하죠. 사실이에요. 그 사람이 아무런 조건

없이 기성이의 유학비와 부모님 생활비에 보태 쓰라고 주기에 받았어요.

김우진 그렇군요.

윤심덕 그 사람과 살림을 차렸네, 어쨌네, 온갖 소문이 떠돌지만 눈 하나 깜짝 안 해요. 전부 다 헛소문이니까요. 그리고 또 돈을 받은 것은 사실이니까요. 왜요? 이제 속이 시원하세요?

김우진 너무 화내지 마세요. 그런 소문을 듣고 그냥 지나칠 수가 없어서 물어본 것뿐입니다. 근데 왜 내겐 말을 안 했어요? 그런 사정을요. 그랬다면 엉뚱한 헛소문은 안 났을 테고, 내 마음도 덜 아팠을 텐데요.

윤심덕 그런 말을 어떻게 해요? 소중한 사람에게 신세 지기 싫어하는 내 성질을 몰라서 그러세요? 어쨌거나 괜찮은 극단이나 하나 소개해 주세요.

김우진 (잠시 생각을 하다가) 그렇다면, '토월회'를 찾아가 보세요.

윤심덕 '토월회'요?

김우진 예. 대표가 춘강 박승흰데, 경성에서 꽤 알려진 극단입니다.

윤심덕 역시 우진 씨답군요. 고마워요 우진씨. 그리고 도쿄에 가면 빨리 연락처를 알려주세요. 저번처럼 사람 애간장 태우지 말고요.

김우진 그러죠. 심덕 씨 잠깐만요. (그는 곁에 둔 작은 가방에서 두툼한 봉투 하나를 꺼내서 심덕에게 준다.) 이거 얼마 안 되지만 받으세요. 내가 진작 살피지 못해서 정말 미안합니다. 자요. 어서~.

윤심덕   (빤히 쳐다보다가) 우진 씨!

암전.

제8장

며칠 후. 우진의 서재. 조명희가 책장에 꽂힌 책들을 둘러보고 있다. 그러다가 책 한 권을 꺼내 훑어본다. 그리고 담배를 입에 문다. 그에게서 고뇌하는 지식인의 면모가 풍긴다. 잠시 후.

김우진　형, 들어가도 돼?

조명희　어 그래. (그가 들어오자) 그래 몸은 좀 어때?

김우진　난 괜찮아요. 근데 형은 좀 쉬었어?

조명희　그럼, 푹 쉬었지.

김우진　형, 고마워. 바쁠 텐데 시간 내 줘서.

조명희　고맙긴, 오히려 내가 더 고맙지. 목포까지 여행도 하고, 또 술대접도 거나하게 받았으니 말이야.

김우진　근데 형, 난 요즘 쇼펜하우어에 다시 빠져들고 있어요.

조명희　쇼펜하우어에? 아니 갑자기 왜?

김우진　"인생은 허공에 매달린 거미와 같다"는 그의 말 때문인가 봐. 그 말이 날 감동시키거든. 그리고 쇼펜하우어의 철학이 내 취향에도 맞기도 하고.

조명희　역시 수산은 천재야.

김우진　천재라니요? 아니 형 제발 농담 좀 하지 마요.

조명희　농담이 아니야, 수산. 쇼펜하우어 철학이 너무 어렵기 때문에 하는 말이야. 명색이 도쿄제국대학 철학과 출신인 나도 사실은 쇼펜하우어를 잘 몰라. 근데 수산은 이미 잘 알고 있잖아. 그래서 천재라는 거야. 그리고 내가 보기에 수산은 당대 최고의 문사(文士)이기도 해.

김우진   형, 오늘따라 왜 이래? 방금 그 말, 날 비꼬는 말이지?

조명희   아니야 수산, 비꼬다니? 잘 들어보라고, 수산. 지금 이 조선에서 어느 누가 감히 춘원의 문학을 비판할 수 있겠냐고?

김우진   아니, 그건 또 무슨 말이우, 뜬금없이?

조명희   내 말은, 춘원 문학의 허구성을 맹타한 사람이 수산 말고는 또 누가 있느냔 말이야.

김우진   어제 마신 술이 아직도 덜 깼어?

조명희   아니야 수산. 내 진심으로 하는 말이야. 수산, 수산이 발표한 "이광수 류(類)의 문학을 매장하라"라는 글 때문에 난리가 난 것을 정말 모른단 말이야? 모든 신문에 대서특필다 됐는데도? 역시 수산은 대단해. 그래서 수산을 높이 평가하는 거야. (화제를 돌리며) 그래 그동안 작품은 좀 썼어?

김우진   형, 내, 말하기도 창피스럽소. 겨우 평론 몇 편 발표하고, 장막 희곡 '산돼지'를 구상하고 있을 뿐이오. 아 참, '산돼지'는 '봄 잔디밭 위에'라는 형의 시 때문에 쓰려는 거요. 내가 그 시에 너무 감동했거든.

조명희   그래? 허허허, 거짓말이라고 해도 듣기는 좋네. 하여튼 좋은 희곡 많이 쓰라고. 그래야 조선 연극이 발전하지 않겠어? 수산의 책무가 막중하다니까.

김우진　형이 먼저 말을 꺼냈으니 하는 말인데~.

조명희　왜 말끝을 흐려? 어디 말 못할 사정이라도 있는 거야?

김우진　(잠시 침묵을 지키다.) 형, 나 유럽으로 갈 거요.

조명희　(놀라며) 뭐라고? 유럽으로?

김우진　그래요. 유럽으로. 가서, 표현주의 연극을 본격적으로 공부할 거요. 여기 있다간 죽도 밥도 안 되겠어.

조명희　그럴 테지. 내가 보기에도 조선 연극은 연극도 아니거든. 촌극이라고도 할 수 없잖아. 그러니 수산이 볼 땐 더 기가 찰 거야.

김우진　형, 앞으로의 연극 추세는 표현주의 연극이야. 일본도 그걸 유럽에서 배워왔거든. 그래서 나도 유럽으로 가려는 거요.

조명희　그렇게 해, 수산. 그런 일을 할 사람은 수산밖에 없어. 지금 조선에는 일본에서 한창 유행하는 리얼리즘 연극조차 아예 없잖아.

김우진　맞아요, 형. 마치 황무지나 마찬가지야. 우리 조선 연극계가.

조명희　그만큼 수산의 어깨가 무거운 거야.

김우진　(잠시 뜸을 들인 후) 형, 실은 부탁이 하나 있어.

조명희　부탁? 어떤 부탁인데?

김우진　심덕 씨 문젠데요.

조명희　심덕 씨?

김우진	경성에 가면 신경 좀 써 줘요. 지금 너무 힘들다고 하니까.
조명희	그럼 소문이 사실이구먼.
김우진	(잠시 침묵하다가) 우리 서로 사랑하고 있어요. 그리고 이젠 어느 누구도 우리 사랑을 막지 못해요.
조명희	(놀라며) 어허 이것 참. 어허~.
김우진	다른 사람은 아직 잘 몰라요. 형한테 처음 말하는 거요.
조명희	수산, 내 한마디만 하지. 수산에게 여러 말은 필요 없을 테니까.
김우진	경청할게요.
조명희	아니야, 그만두는 게 낫겠어. 처자식까지 있는 수산이 이미 결정했는데, 내가 무슨 말을 더 보태겠나. (이때 밖에서 우진의 부친이 헛기침을 하며)
김성규	들어가도 되겠는가.
김우진	(자세를 바로잡으며) 들어오세요.
김성규	(들어와서는) 손님이 계시는구먼.
김우진	저의 선뱁니다. 도쿄제국대학 출신이고요.
조명희	(넙죽 큰절을 한다.) 아버님, 인사 올리겠습니다.
김성규	그래? 그래. 편하게 앉게. 도쿄제국대학 출신이라면 수재 중의 수재겠네. 그런데 실롄 줄 알지만, 잠시 자리 좀 피해 주게나. 내 아범과 긴히 할 말이 좀 있어서~.
조명희	알겠습니다, 아버님. (방을 나간다.)
김성규	(주위를 둘러보며) 대체 이게 무슨 꼴이야. 방안에 온통 술병이 나뒹굴고 말이야. 손님한테 부끄럽지도 않아?

김우진 괜찮습니다. 친한 사이거든요.

김성규 친한 사일수록 예를 갖추어야지. 대체 요즘 무슨 생각을 하고 있는 게야? 사무실에도 잘 안 나온다면서?

김우진 작품을 쓰고 있어서요.

김성규 뭣이라? 작품을?

김우진 예.

김성규 그래서 술병이 즐비하고?

김우진 술을 마셔야 구상이 잘되거든요.

김성규 이런 못된 놈. 애비 말에 또박또박 말대꾸나 하고.

김우진 소자, 공부를 더하고 싶습니다.

김성규 공부를?

김우진 예.

김성규 아니 공부를 적게 해서? 근 십 년간이나 일본 유학을 해 놓고도?

김우진 이번엔 유럽으로 가고 싶습니다.

김성규 (깜짝 놀라며) 뭐야? 유럽?

김우진 예. 가서 연극공부를 좀 더 하고 싶습니다.

김성규 뭣이라, 연극공부?

김우진 예.

김성규 어허, 이젠 우리 집안에도 망조가 드는구나, 어허. 뭣이라~, 그 천한 광대짓을?

김우진 예.

김성규 네놈이 지금 제정신이냐? 그렇다면 방한이 에미 입장은 생각해 봤고?

김우진 제 앞가림은 할 줄 아는 여자라서~.

김성규 그럼 니 자식들은?

김우진 아직 어린놈들이라서~.

김성규 (화를 참지 못하고) 닥쳐라 이놈! 자기 처자식도 몰라보는 이 천하에 망나니 같은 놈!

김우진 이젠 막말까지 하시는군요.

김성규 뭣이라?

김우진 세상이 변하고 있다는 걸 모르세요?

김성규 어허, 드디어 우리 집안이 쑥대밭이 되어 가는구나. 인간 되라고 유학 보내 놨더니, 인간은커녕 개돼지보다 못한 놈이 되고 말았어. 어허~.

김우진 정 그러시다면, 제가 집을 나가면 되지 않겠습니까.

김성규 그래야지. 부모도 가정도 모르는 놈은 이제 내 집에 필요 없으니까. 그래 나가라. 지금 당장!

김우진 아무리 그래도 하루쯤은 말미를 주십시오. 그리고 최소한 의 비용도 좀 주시고요.

김성규 뭣이라? 최소한의 비용을?

김우진 예.

김성규 그래 내, 하루는 허락하지. 하지만 돈은, 단돈 한푼도 못 준다. 아니 안 줄 것이다. 그래 뭣이 어쩌고 어째? 이 나쁜 놈! 네놈은 이제 자식도 아니다. 아니 천하에 후레자식이 다, 이놈!

김우진   그래요 전 후레자식입니다. 하지만 전 여태까지 아버지 명을 전부 다 따랐습니다.

김성규   뭣이라?

김우진   아무것도 모르던 철부지 시절부터, 무슨 뜻인지도 모른 채, 한문으로 된 책을 시키는 대로 외우고 또 썼습니다. 그리고 열 살 땐, 한시(漢詩)까지 지었고요.

김성규   그래서 후회스럽단 말이냐?

김우진   네 살 때, 어머니가 돌아가신 후로, 언제 제 손을 단 한 번만이라도 따뜻하게 잡아준 적이 있습니까?

김성규   (놀라며) 네놈이 지금 무슨 소릴 지껄이는 게야?

김우진   어머니가 보고 싶어 울고 있을 때, 단 한 번만이라도 포근하게 안아주신 적이 있냐고요? 오로지 가문의 체면, 사대부의 체면만 차리지 않으셨나요?

김성규   그 때문에 타락의 길로 빠지겠다고? 그 때문에 방탕한 생활을 즐기겠다고? 이 천하에 불효막심한 놈! 그래 나가라, 당장 나가. 꼴도 보기 싫으니까! (불같이 화를 내고는 밖으로 나가버린다. 잠시 후 우진의 아내가 들어온다.)

아내   아니 도대체 왜 그러세요? 불같은 아버님 성질을 몰라서 그러세요?

김우진   면목 없구려. 언젠가 한 번은 부딪혀야 할 것 같아서.

아내   제발 그만 하세요. 다른 사람에겐 안 그러면서 왜 유독 아버님에게만 그러세요?

김우진   당신한텐 정말 면목이 없소. 하지만, 아버지하고는 정말

	같이 살 수가 없소. 그러니 당신이 이해를 해 줘요. 내가
	없더라도 애들 잘 키우고, 당신 시간도 좀 가지고요.
아내	뜻대로 하세요.
김우진	일단 도쿄로 갈 겁니다.
아내	아무튼 매사에 조심하세요. 근데, 돈은요?
김우진	(말이 없다.)
아내	(그럴 줄 알았다는 듯 봉투를 꺼내고는) 방한이 할머니께서 이걸.
김우진	뭔데요?
아내	직접 보세요.
김우진	(보고는 놀라며) 아니 친엄마도 아닌데 이렇게 많은 돈을?
아내	그분의 따뜻한 정을 잊지 마세요. 친엄마 못지않게 신경 쓰니까요. 그리고 당신이 가고 나면 난~. (잠시 머뭇거린다.)
김우진	말해 보세요.
아내	성당에 나갈 겁니다.
김우진	(놀라며) 성당에?
아내	애들도 데리고 다 같이.
김우진	성당이라? (충격을 받은 듯 그녀를 멍하니 바라보고 있다.)

암전.

제9장

일본 닛토 레코드회사 녹음실. 심덕과 성덕은 녹음 준비를 하고
있다. 성덕의 피아노 반주에 맞춰 심덕이 노래를 부르고 있다. 둘
다 뛰어난 실력의 소유자라서 손발이 척척 잘 맞는다. 마지막 곡
으로 '사의 찬미'를 맞춰보다가 성덕이 갑자기 반주를 중단하고는.

윤성덕   언니, 정말 왜 그래?

윤심덕   내가 뭘~?

윤성덕   (손수건으로 눈물을 닦으며) 하고 많은 노랠 다 놔두고 왜 이런
               슬픈 곡을 골랐어? 그리고 또 노랠 부르면서 울긴 또 왜
               우는데?

윤심덕   나도 모르겠어.

윤성덕   뭐야? 아니 내일이면 미국으로 떠날 동생을 앞에 두고 꼭
               이런 슬픈 노랠 부르고 싶냐고?

윤심덕   애는. 그럼 넌 왜 우냐?

윤성덕   나도 몰라. 하지만 언니, 하여튼 예감이 이상해. 아니
               불길해. 오늘 이후로 언니를 두 번 다시 만날 수 없겠
               다는 그런 생각이 들었어. 반주를 하는 동안 내내. 뭔가
               이상하지 않아?

윤심덕   노래 때문일 거야. 그 노래가 좀 슬픈 곡이잖아.

윤성덕　아니야 언니. 분명히 무슨 징존 것 같애. 보통 때완 너무나 다르다니까. 그러니까 언니, 매사에 조심해야 돼. 우진 씨를 만나더라도 너무 타박하지 말고. 근데 우진 씨한테 연락은 한 거야?

윤심덕　그럼. 내일 널 보내고 난 후에 만나기로 했어.

윤성덕　고생한다던? 우진 씨가? 그 때문에 울었어?

윤심덕　얘는~.

윤성덕　어쨌든 언니. 내일 만나면 반드시 담판을 지어.

윤심덕　담판?

윤성덕　이번엔 반드시 꽉 잡으라구. 집을 나왔다니 잘됐잖아.

윤심덕　(잠시 생각에 잠긴 후) 성덕아 난 우진 씨를 너무 사랑하는 것 같아. 사랑은 아낌없이 주는 것이라지만, 난 우진 씨의 사랑을 빼앗고 싶어. 아니 우진 씨의 모든 것을 빼앗고 싶어. 남들이 불륜이라 욕해도 상관없어.

윤성덕　언니 뜻대로 해. 서로 사랑하니깐. 하지만 언제나 당당하고 자신만만하던 언니가 자꾸만 위축되고 눈물까지 보이니 내 가슴이 찢어진단 말이야.

윤심덕　(애써 울음을 참으며) 성덕아 너는 꼭 성공해야 돼. 우리가 비록 가난을 면치 못하지만, 신앙심 깊은 부모님 덕분에 음악가로서 여기까지 왔잖니. 그리고 내일이면 넌 희망의 나라로 갈 것이고~. 어쨌든 너만은 꼭 성공해서 부모님 모시고 잘 살아야 한다. 내 몫까지~.

윤성덕　내 몫까지? 아니 언니, 그게 무슨 뜻이야? 내 몫까지라니?

윤심덕   (얼버무리며) 아 아무것도 아니야. 그냥 해 본 소리야.

윤성덕   난 또. 그럼 언니, 우리 빨리 연습 끝내고 밖으로 나가자. 나가서 우리의 마지막 밤을 실컷 즐기자구. 언니의 슬픈 기분도 날려버릴 겸 말이야.

윤심덕   그래, 그렇게 해.

윤성덕   언니, 그럼 한 번만 더 맞춰보자.

윤심덕   그래. 그러자. 그럼 반주를 시작해. (성덕의 반주가 시작되자 심덕은 '사의 찬미'를 부르기 시작한다. 노래가 차츰 절정으로 치닫자, 심덕의 눈에서는 눈물이 흘러내린다. 반주를 하는 성덕의 눈에서도 눈물이 흐른다. 노래는 더더욱 처연하게 들린다.)

암전.

제10장

다음 날 저녁 무렵. 일본 오사카의 어느 공원 벤치. 우진이 벤치에 앉아서 심덕을 기다리고 있다. 하지만 그녀의 도착이 늦어지자 우진은 책을 보기 시작한다. 그리고 담배도 피운다. 시간이 좀 지나자 그녀가 온다.

김우진 어서 와요 심덕 씨. 일본엔 언제 왔어요?

윤심덕 이틀 전에요. 음반 녹음이 있어서요. 근데 녹음은 핑계고, 사실은 우진 씨가 보고 싶어서 왔죠.

김우진 텔레파시가 통했나 보네요. 실은 나도 보고 싶었거든요.

윤심덕 집을 나왔다던데, 이젠 어쩔 거예요?

김우진 심덕 씨는요?

윤심덕 난 이미 모든 것을 포기했어요.

김우진 포기 하다니요? 아니, 왜 그런 말을?

윤심덕 난 가수로도 배우로도 모두 다 실패하고 말았거든요. 더구나 귀국하면 총독부에 불려가 그들의 하수인이 될 처지고요.

김우진 (놀라며) 총독부요?

윤심덕 그래요. 총독부. 일본에 오기 전에 갔다 왔어요.

김우진 아니 왜요?

윤심덕 총독부 행사 때마다 노랠 부르라는 거예요. 만약 그래 봐요. 그날로 당장 친일가수라는 딱지가 붙지 않겠어요? 그래서 머릴 굴렸죠.

김우진 어떻게요?

윤심덕 닛토 레코드사 음반녹음 때문에 조만간 일본에 가야 하니, 갔다 와서 다시 의논하자고 했죠. 그랬더니 순순히 그러라고 하데요. 그 대신 반드시 다시 와야 한다면서요. 그 때문에 귀국하면 반드시 총독부에 가야만 해요.

김우진 (다독이며) 그런 일이 있었군요. 하지만 심덕 씨, 이젠 아무 걱정 말아요. 우리가 서로 사랑하는데, 그리고 또 일본에서 이렇게 같이 있는데, 두려울 게 뭐가 있어요? 나도 이젠 모든 걸 버렸어요. 명예고 자존심이고 전부 다요. 심지어는 가정까지도요. 내겐 이제 심덕 씨 밖에 없어요. 그러니 용기를 내자구요.

윤심덕 그 말, 그 소중한 말을, 왜 이제 와서야~?

김우진 잘 알잖아요. 우유부단한 내 성격을요. 하지만 실은 나도 걱정이 많아요. 수중에 돈이 없거든요. 집에서 쫓겨나서. 돈 없인 단 하루도 못 사는 곳이 외국인지라~.

윤심덕 왜 아니겠어요. 돈이 얼마나 중요한데요. 전 일찍부터 알았어요. 돈의 중요성을요. (잠시 생각하다.) 근데 우진 씨, 일본에서도 조선에서도 살 수가 없다면, 이제 우린 어떡하죠?

김우진 (망설이다가) 심덕 씨, 혹시 아리시마 다케오(有島武郎)란 작가를 아시나요?

윤심덕   아리시마요? 그 사람 일본의 유명한 소설가잖아요? 우리
        가 대학 다닐 때, 그 사람 소설, 안 읽은 사람은 별로 없을
        걸요. 근데 갑자기 그 사람은 왜요?

김우진   그 아리시마가 자살을 했잖아요.

윤심덕   그랬죠. 바로 3년 전에요. 유부녀인 애인과 함께 정사를
        했죠. 그 때문에 온 일본에 난리가 났고요. 근데 그건 왜
        물어요?

김우진   그들의 죽음이 너무나 멋져 보여서요. 나도 그렇게 죽는
        다면 여한이 없겠다는 생각이 들어서~.

윤심덕   정말 이상하군요. 나도 그 비슷한 생각을 했거든요.

김우진   그래요? 언제?

윤심덕   바로 어제요. 음반 녹음을 준비하던 중에요. 동생의 반주
        로 노랠 부르다가 갑자기 눈물이 막 쏟아지는 거예요. 보
        통 때와는 달리 노래에 집중도 잘 안 되고요, 그러다 갑자
        기 '그만 확 죽어 버릴까?' 하는 생각이 들더라고요.

김우진   (놀라며) 예?

윤심덕   그리고 또 '이게 마지막 녹음이야', '이게 마지막 노래야',
        하는 그런 생각도 들면서, 갑자기 우진 씨 얼굴이 막 스쳐
        지나가는 거예요.

김우진   심덕 씨, 우리 둘은 왜 이렇게 비슷한 점이 많을까요. 심지
        어는 꿈까지도~.

윤심덕   우리 둘 다 유럽으로 가는 게 꿈이었죠. 하지만 이젠 그런
        꿈들이 다 물거품이 되고 말았고요. 우진 씨, 이제 우린 어

떡하면 좋죠?

김우진   심덕 씨, 누가 뭐라고 해도 우린 선구잡니다. 세상 사람들
이 어떻게 평가할진 모르지만, 그래도 우리가 열심히 노
력한 건 사실이잖아요.

윤심덕   그렇지만 돌아온 건 심한 좌절감뿐인걸요. (잠시 생각에 잠기
다.) 우진 씨, 실은 오래전부터 말하고 싶었는데~.

김우진   뭔데요? 말해 보세요.

윤심덕   전에 보니 다들 호(號)를 가지고 있던데, 나도 하나 가졌으
면 해서요.

김우진   (잠시 생각한 후) 그렇다면, 수선(水仙)이 어떻겠소? 진남포가
고향이니 물 수(水), 그대가 수선화처럼 아름다우니 수선
화의 선(仙). 어때요, 수선(水仙)이?

윤심덕   어머 좋아요, 정말. 그러고 보니 우리 둘은 정말 비슷한 점
이 많군요.

김우진   어떤 점이요?

윤심덕   같은 해에 태어났죠, 같은 해에 일본으로 유학 왔죠, 사랑
할 수 없는 처지임에도 서로 사랑하죠, 이젠 호까지 수산
과 수선으로 비슷하니, 이건요 필시 숙명 같아요.

김우진   듣고 보니 정말 그런데요.

윤심덕   우진 씨, 아니 수산, 그럼 우리 관부연락선을 타요.

김우진   예? 관부연락선을요?

윤심덕   다시는 조선으로 돌아가지 않겠다고 맹세했지만, 그래도
일본보다야 조선이 낫지 않겠어요? 조선은 우리의 조국이

니까요.

김우진 (잠시 생각에 잠긴 후) 그렇다면 언제~?

윤심덕 내일 밤에요. (우진이 다시 생각에 잠기자) 왜요, 내키지 않으세요? 그렇담 그만 두고요.

김우진 (결심한 듯) 아뇨, 그럽시다. 탑시다. 관부연락선을.

윤심덕 수산!

김우진 수선! (두 사람은 격하게 포옹을 한다.)

암전.

제11장

1926년 8월 4일 새벽 4시경. 관부연락선 '도쿠주마루(德壽丸)'호 선상. 사위는 온통 칠흑같이 어둡다. '도쿠주마루'호의 둔탁한 엔진소리와 철썩이는 파도 소리만 쉼 없이 들려오고, 밤하늘엔 무수한 별들이 총총하게 빛나고 있다. 심덕과 우진은 서로 몸을 기댄 채 허공을 바라보고 있다.

윤심덕 수산, 수산은 괜찮아? 난 좀 이상해.

김우진 나도 그래. 뭔지 모르게 이상한 느낌이 들어. 이 배를 타고 현해탄을 오간 지가 수십 차례지만 오늘 같은 느낌은 처음이야.

윤심덕 수산, 두려워? 돌아가기가?

김우진 두렵다기보단 싫어. 죽기보다도 더.

윤심덕 그럼 어떡해?

김우진 차라리 이 배가 난파해 버렸으면. 이 현해탄에서.

윤심덕 어머 어쩜 나와 똑같은 생각을.

김우진 수선, 내 소원은 단 하나.

윤심덕 단 하나?

김우진 수선과 영원히 함께 하는 것. 들어줄 거지?

윤심덕 꼭 대답이 필요할까?

김우진	아니. 고마워 수선.
윤심덕	고맙긴. 근데 수산, 어디가 천국일까?
김우진	어머니 품.
윤심덕	어머니 품?
김우진	(기도하듯) 어머니! 보고 싶은 어머니!
윤심덕	수산!
김우진	(울음을 삼키는 듯) 으흐흐, 어머니.
윤심덕	수산!
김우진	수선이 어머니 같아.
윤심덕	어머니?
김우진	친어머니.
윤심덕	그렇게까지 날 믿는다고?
김우진	(고개만 끄덕인다.)
윤심덕	수산, 저기 저 밤하늘을 좀 봐.
김우진	어디?
윤심덕	저기.
김우진	정말 아름답군. 숨이 막힐 정도로.
윤심덕	수산, 생각나는 게 없어?
김우진	(잠시 생각하다가) 왜 없겠어. 아들과 딸. 생각 안 난다면 인간도 아니겠지. 한없이 미안하고 죄스럽고~. 엄청 보고 싶기도 하고~.
윤심덕	그럼 아내는?
김우진	그녀에게는 미안함이 더 많아. 참, 언젠가 성당에 나갈 거

라 했었는데.

윤심덕 성당에?

김우진 내가 구제불능이니까. 그 때문에 부활과 영생을 갈구할지
도 모르지.

윤심덕 수산, 이젠 어떡할 거야?

김우진 어쩔 수 없지. 나의 운명이니까.

윤심덕 수산, 저곳에선 마음껏 날아다닐 수 있겠지?

김우진 물론이지. 어느 곳이든 원하는 대로 훨훨.

윤심덕 사랑도 원 없이 할 수 있을 거고?

김우진 그럼. 우리 둘만의 천국이니까.

윤심덕 수산, 난, 별이 되고 싶어.

김우진 별?

윤심덕 밤하늘의 별. 영원히 스러지지 않는.

김우진 수선!

윤심덕 수산, 보이지, 저기에?

김우진 유난히 반짝이는?

윤심덕 두 개의 별. 앞의 별은 그대 수산, 그 맞은편은 나, 수선.

김우진 우리 둘은 떨어지면 안 돼.

윤심덕 그럼. 저곳은 광대무변하니까.

김우진 수선, 혹시 우리가 유성은 아닐까?

윤심덕 아니긴. 그러니까 우리 둘, 손을 꼭 잡아야 돼. 아차하면
영영 헤어지고 말 테니까. 자 수산, 이제 준비됐지?

김우진 (고개를 끄덕인다.)

윤심덕 (손을 내밀며) 자 잡아.

김우진 (손을 꼭 잡으며) 수선, 나와 함께 하는 거지?

윤심덕 그럼, 영원토록.

김우진 근데 수선, 부탁이 하나 있어.

윤심덕 부탁? 어떤 부탁?

김우진 그 노래, 수선이 녹음했다는 그 노래. 한 번만 불러 줘.

윤심덕 갑자기 노래는 왜?

김우진 듣고 싶어서. 음반 녹음하다가 울기까지 했다면서? 내 사랑을 울린 노래라기에 듣고 싶거든. 부탁이야 수선.

윤심덕 정 그렇다면, 부를게. 그댄 나의 유일한 사랑이니까. (심덕은 나지막하게 '사의 찬미'를 부르기 시작한다. 밤하늘엔 수많은 별이 반짝이고 있다. 특히나 중앙에 있는 두 개의 별이 유난히 빛을 발한다. 이윽고 심덕은 부르던 노래를 중단하고는 우진과 둘이서 신고 있던 구두를 조용히 벗어 놓는다. 그리고 두 사람은 손을 잡고 밖으로 나간다. 무대는 텅 비어 있고 두 사람의 구두 위로는 하얀색의 탑 조명만 쏟아진다. 바로 그때 여태껏 환하게 빛을 발하던 두 개의 유성이 갑자기 긴 꼬리를 남긴 채 사라진다. 동시에 마치 청천 하늘의 날벼락처럼 갑자기 번개와 천둥이 몰아치다 이내 조용해진다. 그러자 구슬픈 구음(口音)으로 된 조곡(弔哭)이 흐르기 시작한다.)

　　　　암전.

에필로그

'북교동 성당' 안. 무대 전면에는 예수님이 못 박혀 있는 대형 십자가가 걸려있고 그 양 옆으로는 스테인드글라스로 장식된 창이 있어 아름다운 조형미와 성스러운 분위기를 자아낸다. 헨델의 '메시아' 3막 '할렐루야' 합창곡이 흐르면서 조명이 들어오면, 미찌꼬와 신부가 성당 안의 장의자(長椅子)에 앉아있다.

미찌꼬   신부님, 정말 고맙습니다. 이 은혜를 어떻게 갚아야 할지~.

신부   무슨 말씀을요. 당연히 해야 할 일을 했을 뿐인걸요. 참, 미찌꼬 여사님이 주신 물품은 목포문학관에 잘 전달했습니다. 다들 놀라더군요. 귀한 자료라고요. 모든 일이 미찌꼬 여사님 덕분에 잘 해결된 것 같습니다.

미찌꼬   아니에요 신부님. 모두 다 신부님 덕분이에요. 이젠 저의 어머님도 행복해 하실 거예요. 신부님께서 당신의 요구를 전부 다 들어주셨으니까요.

신부   그래요? 그렇게까지 생각하신다니 저도 뿌듯하군요.

미찌꼬   신부님, 이제 기도해 주세요. 현해탄에 스러진 별을 위해서요. 늦게나마 두 분의 부활과 영생을 빌고 싶어요.

신부   그러죠. 그럼 기도합시다. (신부는 기도를 시작한다. '할렐루야'

합창곡이 차츰 고조된다.) 전능하신 천주 성부, 천지의 창조주를 저는 믿나이다. … 성령을 믿으며 … 죄의 용서와 육신의 부활을 믿으며 … ('할렐루야' 합창곡이 절정으로 치닫는다.)

막이 내려온다.

한국 희곡 명작선 116

현해탄에 스러진 별

초판 1쇄 인쇄일   2022년 11월 1일
초판 1쇄 발행일   2022년 11월 7일

지은이   이상용
만든이   이정옥
만든곳   평민사
          서울시 은평구 수색로 340 〈202호〉
          전화 : 02) 375-8571 / 팩스 : 02) 375-8573
          http://blog.naver.com/pyung1976
          이메일 pyung1976@naver.com
등록번호   25100-2015-000102호
ISBN   978-89-7115-057-3   04800
          978-89-7115-663-6   (set)
정   가   8,000원

이 책은 사단법인 한국극작가협회가 한국문화예술위원회의 2022년 제5회 극작엑스포
지원금을 받아 출간하였습니다.